Título original en italiano: *Rosaconfetto*

© del texto: Adela Turín, 1976

© de las ilustraciones: Nella Bosnia, 1976

© de la traducción: G. Tolentino, 2012

© de esta edición: Kalandraka Editora, 2012

Italia, 37 - 36162 Pontevedra
Tel.: 986 860 276
editora@kalandraka.com
www.kalandraka.com

Impreso en Gráficas Anduriña, Poio
Primera edición: septiembre, 2012
Segunda edición: diciembre, 2012
ISBN: 978-84-8464-798-0
DL: PO 425-2012

ADELA TURÍN   NELLA BOSNIA

Rosa caramelo

kalandraka

Había una vez, en el país de los elefantes,
una manada en la que las hembras
tenían ojos grandes y brillantes
y la piel de color rosa caramelo.

Este bonito color se debía a que las elefantitas,
desde su primer día de vida,
solo comían anémonas y peonías.

No es que las anémonas y las peonías
fuesen muy recomendables como alimento...

... pero sí lo eran para conseguir una piel lisa y rosada
y unos hermosos ojos brillantes.

Las anémonas y las peonías crecían en un jardincito vallado.
Encerradas allí dentro, las elefantitas jugaban entre ellas
y comían las flores.

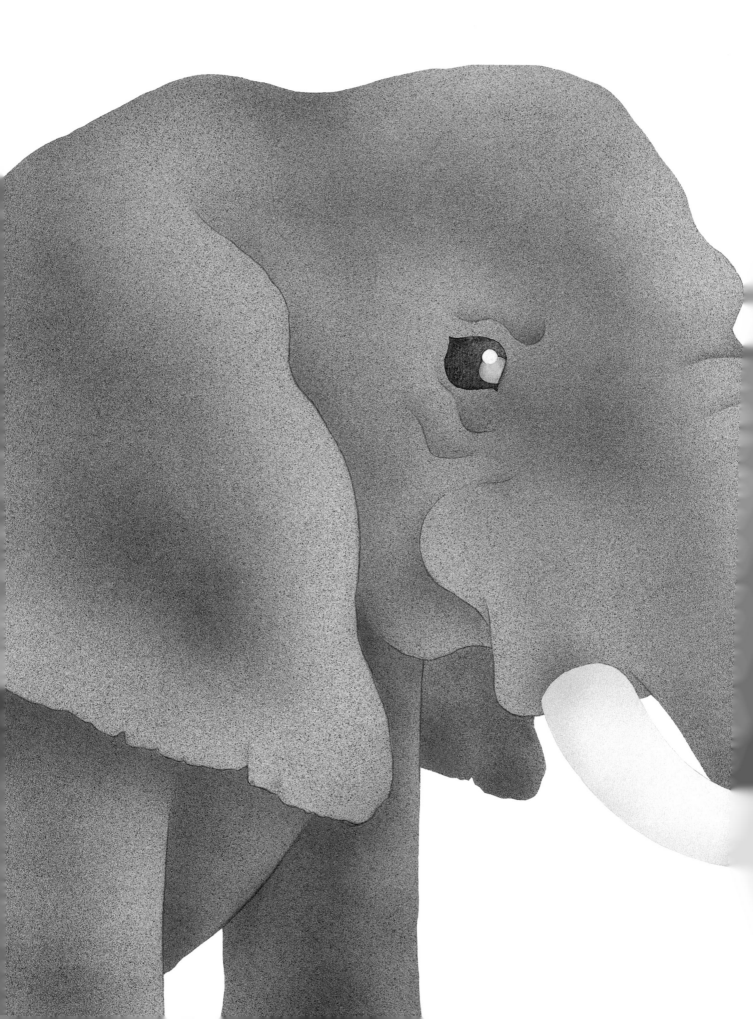

—Pequeñas —les decían los papás—, si no coméis
todas las anémonas, si no acabáis las peonías,
nunca llegaréis a ser tan hermosas y rosadas
como vuestras mamás,
y nunca tendréis los ojos brillantes,
y nadie querrá casarse con vosotras
cuando seáis mayores.

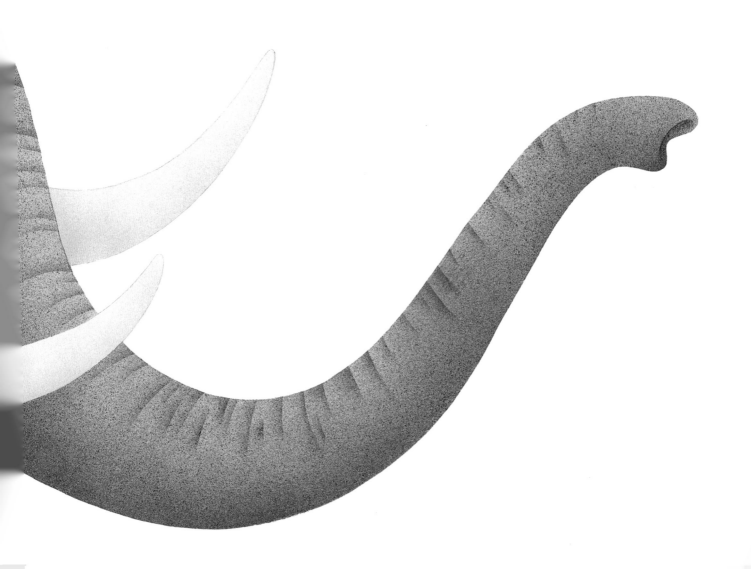

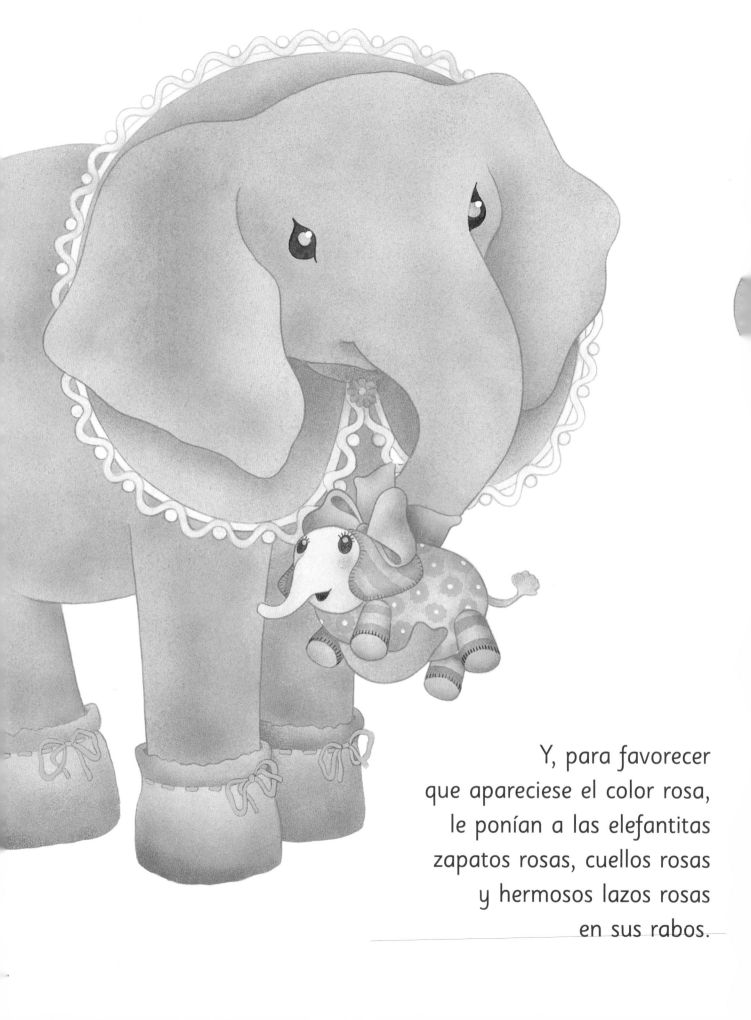

Y, para favorecer
que apareciese el color rosa,
le ponían a las elefantitas
zapatos rosas, cuellos rosas
y hermosos lazos rosas
en sus rabos.

Desde su encierro de peonías y anémonas,
las elefantitas observaban a sus hermanos y primos,
todos de color gris elefante, jugar en la aromática sabana,
comer la hierba verde, revolcarse en el agua y el fango,
y dormir la siesta bajo los árboles.

Margarita, pese a comer peonías y anémonas,
era la única elefantita que no se volvía
ni un poquito rosa.
Y eso entristecía mucho a la mamá elefanta
y fastidiaba muchísimo al papá elefante.

—Pero, Margarita —le decían—, ¿cómo es que sigues
con este feo color gris que le sienta tan mal a una elefantita?
¿Lo haces a propósito? ¿Acaso quieres rebelarte?

—¡Atiende, Margarita! Si continúas así, jamás llegarás
a ser una hermosa elefanta.

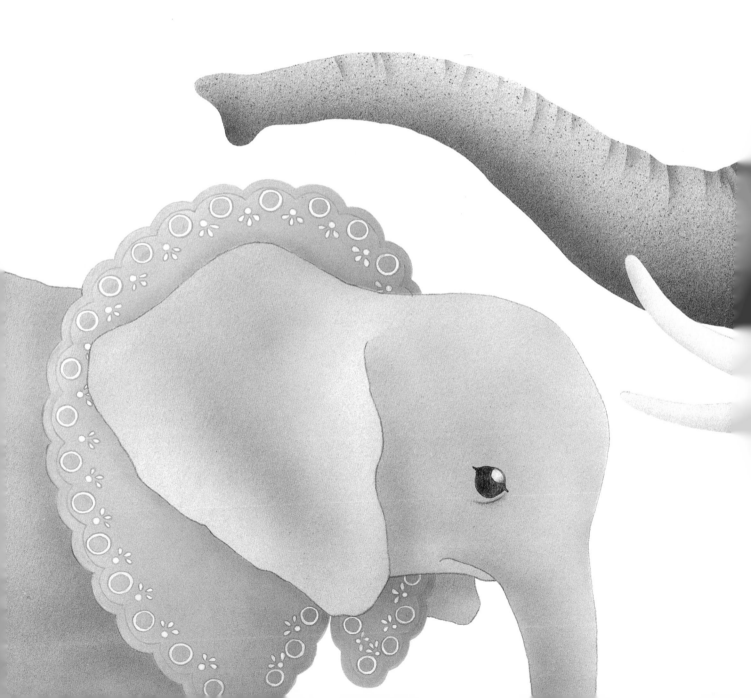

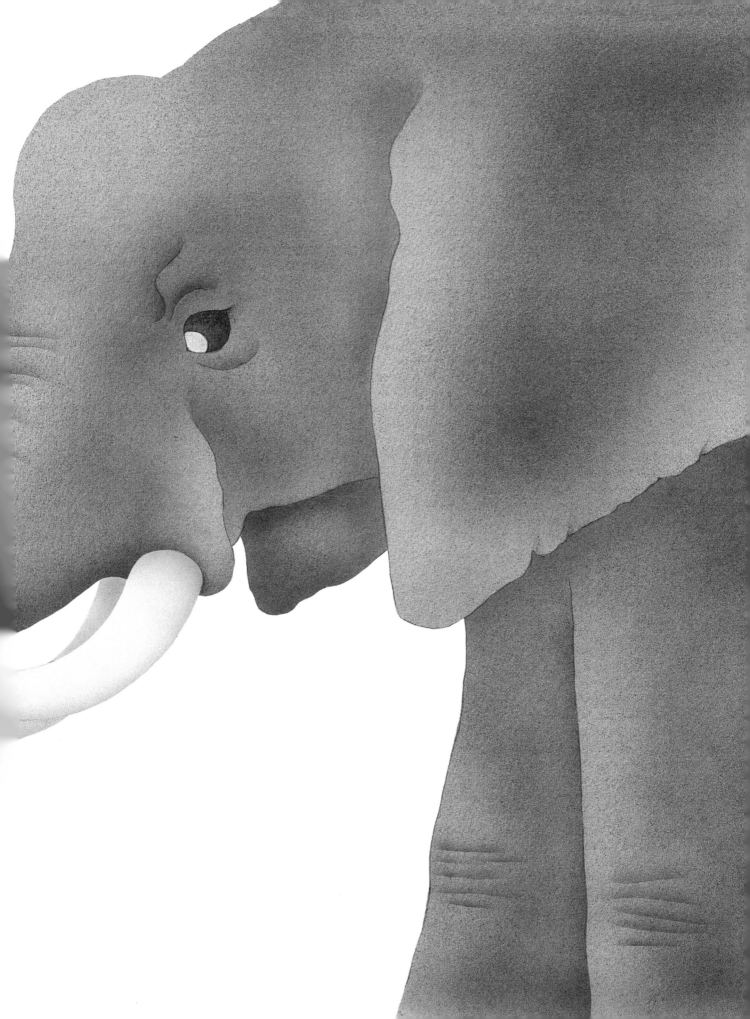

Margarita, cada vez más gris, callaba.
Y para contentarlos comía
otro bocado de anémonas
y otro de peonías.

Hasta que un día, los papás de Margarita
abandonaron toda esperanza de llegar a verla
hermosa y rosa, con grandes ojos brillantes,
como debería ser cualquier elefanta.
Y decidieron dejarla en paz.

Margarita, feliz, salió del recinto.
Se libró del calzado, de los cuellos
y de su lazo rosa atado al rabo,
y se fue a vagar por su cuenta entre la alta hierba,
bajo los árboles cargados de frutas deliciosas
y a revolcarse en los hermosos charcos de lodo.

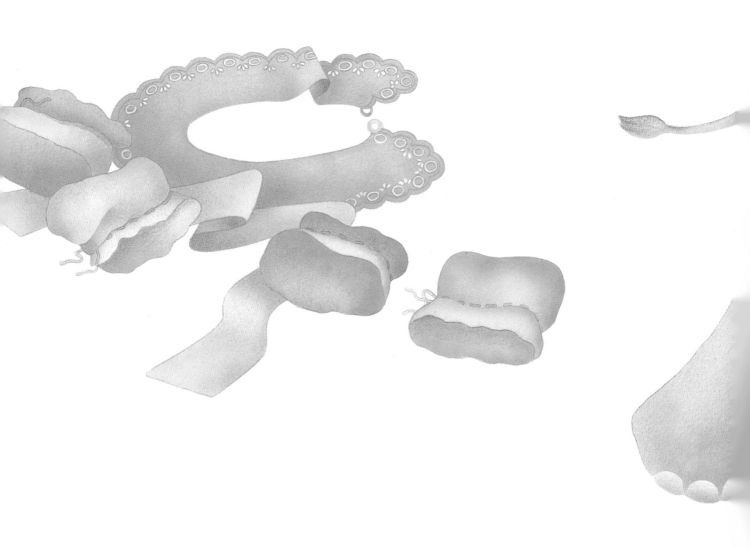

Desde el jardín vallado,
las demás elefantitas la observaban.
El primer día espantadas;
el segundo preocupadas;
el tercero, perplejas,
y el cuarto día, con envidia.

El quinto día, las más valientes comenzaron
a salir del recinto de una en una.
Alrededor del jardín de peonías y anémonas,
los zapatos, los cuellos y los lazos,
se amontonaron abandonados.

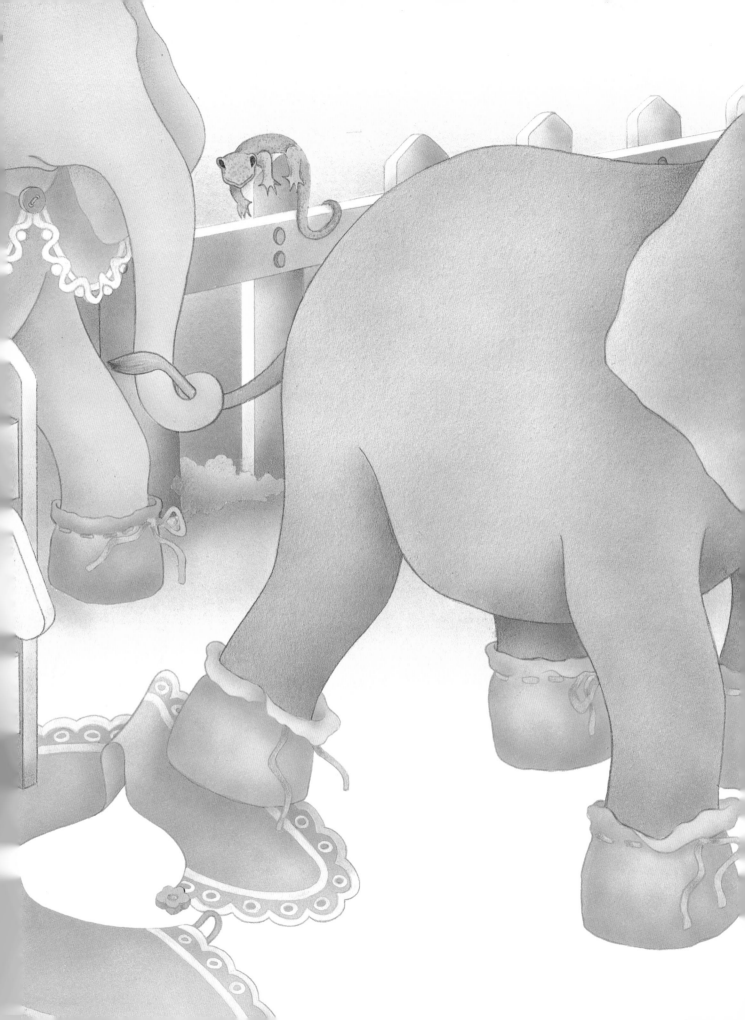

Ninguna elefantita, después de haber probado la hierba verde,
las duchas frescas, las sabrosas frutas, los juegos alegres,
y las siestas bajo las sombras de los árboles frondosos,
quiso volver jamás a ver un zapato, ni a comer una peonía,
ni mucho menos a entrar en un vallado.

Desde entonces es muy difícil distinguir
a los elefantes de las elefantas.